LE FORÇAT

OU LA NÉCESSITÉ

DU DIVORCE

PARIS

ALPHONSE LEMERRE, ÉDITEUR

27-31, PASSAGE CHOISEUL, 27-31

—

M DCCC LXXX

LE FORÇAT

OU LA

NÉCESSITÉ DU DIVORCE

LE FORÇAT

OU LA NÉCESSITÉ

DU DIVORCE

PARIS

ALPHONSE LEMERRE, ÉDITEUR

27-31, PASSAGE CHOISEUL, 27-31

M DCCC LXXX

LE FORÇAT

ou la

NÉCESSITÉ DU DIVORCE

Par le chemin de fer revenant de Menton,
Seul un jour je trouvais le temps long en wagon.
Il n'est pas de plaisir qu'au travail je préfère ;
Je ne puis sans ennui demeurer sans rien faire ;
Dans mon compartiment, près de moi déplié
Je vois sur un coussin un journal oublié ;
Je m'en empare afin d'en faire la lecture,
Et je jette les yeux dessus à l'aventure.
N'y trouvant que récits dénués d'intérêt,

A le laisser glisser de mes mains je suis prêt,
Lorsque je tombe enfin sur une statistique,
Qui m'apprend que, pendant qu'en Hollande, en Belgique,
En Suisse, en Angleterre, en Grèce, en Danemark,
Et dans tous les États réunis par Bismark,
La population est toujours en croissance,
Elle n'augmente pas sensiblement en France.

Par cette statistique ému profondément,
Tout bas je m'ingénie à m'expliquer comment,
Quand la France a donné, dans ses rudes épreuves,
De sa vitalité tant d'admirables preuves,
Elle reste immobile, et ne suit même pas
Les autres nations qui marchent à grands pas.
« La récolte toujours dépend de la semence,
Me dis-je ; sur ton sol, ô généreuse France,
On a certainement semé du mauvais grain ;
Mais quel est-il ? Voilà ce que je cherche en vain. »

Du temps qui s'écoulait ne m'occupant plus même,
J'étais entièrement plongé dans mon problème,
Quand, le train s'arrêtant, je fus très étonné
De me trouver si vite à Toulon amené.
J'en descends, éprouvant le désir de connaître
Des arsenaux français le plus vaste peut-être.

Je vais tout droit au port que j'inspecte, escorté
Par un garde-chiourme à sa geôle emprunté.
Pendant que je le suis aux endroits qu'il me montre,
En chemin nous faisons ensemble la rencontre
De forçats, que je vois de haillons gris couverts,
Dont les bonnets déteints furent rouges ou verts,
Qui sont silencieux, dont le visage pâle
Est encore assombri par un masque de hâle,
Et qui dans cet état paraissent si hideux
Qu'involontairement l'œil se détourne d'eux.
« Quoique offrant, dit mon guide, une même apparence,
Ces hommes ont entre eux plus d'une différence.
Si le bagne est surtout par le crime habité,
Il est l'asile aussi de la fatalité.
Aussi voit-on souvent au vagabond immonde
La même chaîne ici lier l'homme du monde. »

Pendant qu'il se livrait à ces réflexions,
Au dortoir des forçats tous deux nous entrions.
Il m'y dirige et puis me dit : « A la sortie
Existe une boutique assez bien assortie,
Où sont agglomérés en grande quantité
Des bibelots en os ou bien en bois sculpté,
Fort bien exécutés par des forçats artistes
Et vendus par l'un d'eux pour leur compte aux touristes.

Si vous avez le cœur un peu compatissant,
Achetez-lui, Monsieur, quelque objet en passant.
Au loin je me tiendrai, pour que dans votre emplette
Vous ayez avec lui liberté plus complète. »
Pour unique réponse à l'excellent gardien,
En lui serrant la main, je dis tout bas : « C'est bien ! »
Puis quittant le dortoir, j'entrai dans la boutique,
Où le forçat debout attendait la pratique.

A ma vue il ne peut soutenir mon regard ;
Son œil subitement devient trouble et hagard ;
Il se découvre et cherche à dominer sa honte ;
Mais le sang néanmoins au visage lui monte.
Moi-même je me sens ému de son tourment :
Je comprends que celui, que si cruellement
En ce lieu malgré lui mon aspect importune,
N'est pas un criminel de l'espèce commune.
« Je ne veux point, lui dis-je avec émotion,
Vous infliger la moindre humiliation :
Je vois que ma présence est pour vous un martyre ;
Pour le faire à l'instant cesser, je me retire. »
— « Non, reprit-il avec un accent triste et doux,
Laissez-moi m'épancher un instant avec vous.
Jamais, depuis neuf ans que je subis ma peine,
Je n'ai lu la pitié sur une face humaine.

Je la sens sur la vôtre apparaître vraiment ;
Cela me fait du bien ; demeurez un moment. »
— « Oui, vous avez saisi mon sentiment intime :
J'ai peine à voir en vous l'artisan d'un grand crime ;
J'aimerais à vous croire injustement jugé ;
Si vous me l'affirmiez, je serais soulagé. »
— « Hélas ! j'ai mérité mon châtiment terrible.
Car je suis criminel et mon crime est horrible.
Mais vous le désirez, vous allez tout savoir.
Je suis né de parents esclaves du devoir,
Qui, simples, n'ont jamais connu que la droiture.
J'avais, comme eux, moi-même une honnête nature.
Dans la forme enjoué, dans le fond sérieux,
J'étais gai, sans cesser d'être laborieux.
Qu'ajouterai-je ? Bon, affectueux, sensible,
Devant aucun malheur ne restant impassible,
Aimant mes père et mère à l'adoration,
Ne songeant pas à moi, plein d'abnégation,
Prodigue pour autrui, pour moi-même économe,
Tel fut en moi l'enfant, et tel fut le jeune homme.
Ainsi peint, mon portrait vous semblera flatté.
Il est pourtant conforme à la réalité.
Dois-je continuer, Monsieur ? » — « Je vous écoute :
Parlez, ne craignez pas de m'inspirer du doute. »

— « Lorsque je dus choisir une profession,
J'éprouvai, j'en conviens, de l'hésitation :
Si j'avais écouté la voix de ma nature,
Poète, j'eusse opté pour la littérature.
Mais mon père et ma mère avaient leurs préjugés ;
Une telle option les aurait affligés.
Intelligent, pour tout j'avais de l'aptitude :
Pour leur plaire, du droit je commençai l'étude.
Puis l'ayant achevée, avec beaucoup d'éclat
Jeune au barreau je fis mes débuts d'avocat.
Je n'avais pas trente ans, que déjà presque au faîte
Ma renommée était presque entièrement faite,
Et le temps de la lutte était pour moi passé,
Lorsque pour mon malheur à l'hymen je pensai.
Je cherchai femme ; au sein d'une honnête famille
J'allai, pour l'épouser, prendre une jeune fille.
Je l'aimais ; elle-même aussi semblait m'aimer ;
J'espérais tout des nœuds que nous allions former.
Mais hélas ! j'en ai l'âme encore confondue,
Cette fille n'était qu'une fille perdue.
Nous étions mariés, quand je pus le savoir.
A ma chaîne rivé, j'accomplis mon devoir.
Sur son passé je crus, pour épargner sa honte,
Que je ne devais d'elle exiger aucun compte.
Ma générosité paraissant l'émouvoir,

De la régénérer je conservai l'espoir.
Comme on ne rend pas sain un fruit en pourriture,
De même on ne rend pas chaste une femme impure.
La mienne était déchue irrévocablement;
Mais pour moi trop immense était l'effondrement,
Pour que, malgré l'aspect de l'horrible évidence,
Je n'essayasse pas de garder l'espérance.
Je comptai, pour dompter son penchant criminel,
Sur le puissant secours de l'amour maternel :
J'espérai voir céder la ribaude à la mère.
Cet espoir par malheur devait être éphémère.
Mon union datait à peine de deux ans,
Que ma femme avait eu déjà deux beaux enfants,
Fille et garçon, tous deux roses dans leurs blancs langes,
Et tous deux modelés comme des petits anges.
Vain obstacle! Tombée, elle ne pouvait pas
Dans la route du mal faire en arrière un pas.
Après son mariage enchaînant sa nature,
Elle avait pu deux ans ne pas être parjure.
Mais pour la laisser faire un plus durable effort,
L'instinct du vice en elle était beaucoup trop fort.
Après deux ans passés en deçà de l'abîme,
Ne se contenant plus, elle alla jusqu'au crime.
Elle y courut avec d'autant plus de fureur
Qu'elle avait plus longtemps comprimé son ardeur.

Elle en vint promptement à ce point d'impudence
De ne plus dans le mal marcher avec prudence.
Cyniquement, devant ma domesticité,
Au jour elle exposa son immoralité.
Quelque dégoût qu'en eux sa conduite eût fait naître,
Mes serviteurs n'osaient me la faire connaître,
Et par mon tourbillon d'affaires emporté,
Je ne pouvais voir seul l'affreuse vérité.
Mais enfin à mes yeux, pour avoir été lente,
Elle ne devait pas éclater moins brûlante.
J'étais, dans la débauche où ma femme vivait,
Si faible qu'il pût être, un frein qui l'entravait.
Il n'en fallait pas plus pour m'attirer sa haine.
Elle vit dans ma mort le terme de sa gêne;
Elle la résolut, et bientôt le poison,
Pour l'aider dans ses plans, entra dans ma maison. »
— « Et vous avez, ayant connu son plan infâme,
Evité le trépas en tuant votre femme,
Et vous avez bien fait ! Ah ! j'avais bien senti
Qu'en vous le cœur était loin d'être perverti ! »

— « Y pensez-vous, fit-il ? Moi, commettre un tel crime,
Moi-même assassiner ma femme légitime,
La poignarder moi-même, et voir enfin son sang
Sortir en rouges flots de son cœur frémissant !..

Non, à quelque degré qu'eût pu monter ma rage,
Jamais de la tuer je n'eusse eu le courage.....
Elle n'avait pas même eu la précaution
De garder le secret sur sa décision ;
Elle en avait instruit une honnête servante,
Qui, tremblant pour mes jours, vint, dans son épouvante,
M'avertir du péril dont j'étais menacé.
Par un frisson d'horreur je fus d'abord glacé ;
Puis à moi revenu, sans davantage attendre,
Je me mis à songer aux mesures à prendre.
Sans nuire à mon honneur, avocat, je devais
Éviter le scandale autant que je pouvais.
De ses amants ma femme avait dû, sans prudence,
Conserver les présents et la correspondance :
Je les cherchai sur l'heure et je les découvris ;
J'y pus lire leurs noms par eux-mêmes écrits.
C'étaient ceux de gommeux sans courage et sans âme.
Tenant à leur ôter les lettres de ma femme,
De les leur demander je chargeai deux amis,
A qui le tout par eux fut à l'instant remis.
J'avais avec ma femme encore à faire compte,
Et, puisqu'il me fallait supporter cette honte,
A faire prononcer ma séparation.
Elle n'y fit d'ailleurs nulle opposition.
Pourquoi d'y résister eût-elle pris la peine ?

Pour elle, ses enfants et moi, c'était la gêne ;
La séparation, c'était la liberté.
Le jugement ne fut qu'une formalité ;
Il fut rendu sans bruit et comme par mégarde.
Comme de mes enfants il m'octroyait la garde,
Contre moi nul ne put faire d'allusion,
Et je pus me remettre à ma profession.
J'étais bien jeune encor : ce fut avec courage
Que comme auparavant je repris mon ouvrage.
Le jour, tout pour le mieux marchait ; mais quand, le soir,
Devant l'âtre désert j'étais seul à m'asseoir,
En proie aux souvenirs qui m'obsédaient sans cesse,
Je demeurais saisi d'une morne tristesse.
Mes enfants auraient pu, dans mon isolement,
Donner à ma maison un peu de mouvement ;
Mais j'avais dans la ville une sœur mariée,
Qui, d'être sans enfants très fort contrariée,
Contre ma volonté, pour en faire les siens,
Avait presque de force accaparé les miens,
Et je n'entendais plus, dans mes tristes soirées,
Le son plaintif ou gai de leurs voix adorées.

« Séparé de ma femme au milieu de janvier,
Je restai seul ainsi pendant l'hiver entier.
L'été, pour me soustraire à ma mélancolie,

Je visitai la Suisse et même l'Italie.
Mais voyageant tout seul, loin de rompre avec lui,
Je ne fis qu'augmenter mon éternel ennui,
Et lorsqu'après avoir été deux mois touriste,
Je me revis chez moi, j'étais encor plus triste.
Comme pour m'engloutir dans des rêves plus noirs,
L'hiver revint avec ses longs et mornes soirs.
J'avais besoin d'aimer : un nouveau mariage
Était le seul remède efficace à mon âge,
Et ce remède-là, qui seul était moral,
Il avait le malheur de n'être pas légal ;
Je dus subir la loi démoralisatrice
Qui plonge les époux séparés dans le vice.
Sans elle j'aurais pu conserver mon honneur,
Et d'une autre union réclamant le bonheur,
Le retrouver enfin près d'une autre compagne,
Et je ne serais pas aujourd'hui dans ce bagne. »

— « A quelle cause enfin dois-je de vous y voir ? »
— « J'en rougis ; néanmoins vous allez le savoir.
A tous les serviteurs, qui, témoins de ses vices,
De ma femme s'étaient un peu faits les complices,
J'annonçai qu'ils pouvaient ailleurs porter leurs soins.
Il me sembla pourtant que je devais au moins
Faire une exception pour l'honnête servante

Qui m’avait préservé d’une mort imminente;
D’ailleurs mes deux enfants, qu’elle aimait tendrement,
Avaient aussi pour elle un vif attachement.
De mon exception elle parut touchée,
Et sembla m’être plus que jamais attachée.
D’attentions je fus par elle environné.
D’être si bien servi justement étonné,
Je ne fus pas longtemps sans percer ce mystère :
Sans calcul, elle avait d’abord plaint ma misère;
Puis bientôt dans son cœur à la compassion
S’était substituée une autre passion,
Mais une passion d’une force insensée.
De la congédier j’eus d’abord la pensée :
Je ne pus me résoudre à cette extrémité,
Et me perdis ainsi par excès de bonté.
Si j’avais été dur, je serais honorable;
Parce que je fus bon, je suis un misérable.
Voilà pourtant comment l’esprit humain est fait;
Sans souci de la cause il ne voit que l’effet.
Au lieu d’agir en homme inflexiblement ferme,
Je crus qu’il valait mieux choisir un moyen terme,
Et que, pour la remettre au chemin du devoir,
Je n’avais qu’à sembler ne rien apercevoir.
Je suivis pas à pas mon stoïque programme.
Mais ma calme froideur n’éteignit point sa flamme,

Et sembla même encore irriter son amour.
Sa constance finit par me vaincre à mon tour.
Elle était jeune et belle, et moi contre ses charmes
Par mon accablement j'étais laissé sans armes.
S'ils étaient demeurés au foyer paternel,
Mes enfants, contre tout entraînement charnel
Protégeant ma faiblesse avec leur innocence,
M'auraient de me garder fait avoir la puissance.
Mais ils étaient absents, et resté seul et las,
A la tentation je ne résistai pas.

« Ne m'interrompez pas ! Je sais quelle peut être
L'impression qu'en vous ce récit a fait naître.
Du monde vous devez, homme du monde, avoir
Inévitablement la manière de voir.
Avec une servante oublier qu'on est maître,
Voilà, je le sais bien, ce qu'il ne peut admettre.
Blâmant la loi, contraire aux droits les plus sacrés,
Qui prohibe l'amour aux époux séparés,
Assez facilement il consent qu'à tout homme,
Quand il est jeune encore, on le permette en somme ;
Mais ce que dans ce cas seulement il comprend,
C'est que l'homme s'adresse aux femmes de son rang :
Aspirez, s'il vous plaît, à la femme d'un autre ;
Il suffit qu'elle soit d'un rang pareil au vôtre,

2

Pour que, ne songeant pas à vous reprocher rien,
Le monde soit tout prêt à trouver que c'est bien.
Mais si, dans vos écarts ayant plus de scrupule,
Vous descendez plus bas, vous êtes ridicule.
J'étais donc ridicule, oui, mais pas, après tout,
Criminel, comme ceux qu'à tort le monde absout.
Je n'avais pas séduit une fille mineure ;
Fanny, c'était son nom, était libre et majeure ;
J'étais respectueux aussi du bien d'autrui,
Et je n'exposais pas, en me moquant de lui,
Un honnête homme à voir son épouse adultère
Lui donner des enfants d'origine étrangère.

« Mais si je n'étais pas encore criminel,
A la fin je devais, je l'avoue, être tel.
Au bout de quelques mois Fanny devint enceinte ;
Ce grand événement la fit trembler de crainte.
Elle était par instinct très disposée à voir
Les choses constamment sous l'aspect le plus noir.
Je l'aimais : si j'avais été libre d'entraves,
De mes fautes j'aurais admis les suites graves.
Ne voulant à nul prix me faire mépriser,
Je n'aurais pas été jusques à l'épouser.
Mais me reconnaissant de son enfant le père,
J'aurais du moins rendu sa douleur moins amère.

De son enfant voyant l'avenir assuré,
Non sans rougir sans doute, elle aurait enduré
L'affreuse honte d'être à la fois fille et mère.
Mais, quoique séparé, j'étais un adultère,
Ou, pour mieux dire, un homme à qui la loi défend
De déclarer qu'il est père de son enfant.
Si de la loi Fanny n'avait pas la science,
De la femme elle avait du moins la clairvoyance :
Elle vit nettement la situation,
Et, sans me consulter sur ma décision,
Elle prit le parti de ne pas laisser naître
L'enfant qu'il n'était pas permis de reconnaître.
Je n'ose préciser le motif capital
Qui lui fit à mes yeux cacher son plan fatal.
Je crus et maintenant encore je suppose
Qu'un noble sentiment en fut surtout la cause.
Sans doute elle pensa qu'en cette occasion
Je ne saurais trouver nulle solution,
Et qu'il valait bien mieux, dans cette conjoncture,
Ne pas me faire en vain souffrir de sa torture.
Quoi qu'il en fût, du plan sans hésitation
Elle passa tout droit à l'exécution ;
Un soir donc elle alla, le désespoir dans l'âme,
Pour se faire avorter, chez une sage-femme,
Qui, le fer à la main, avec brutalité,

Sur l’heure exécuta sa folle volonté,
Et qui lui fit en outre, usant des plus actives,
Boire une infusion de plantes abortives.
Dès qu’elle fut rentrée, elle vint près de moi,
Et, tremblant à la fois de regret et d’effroi,
Elle me dit comment une crainte insensée
A mon insu l’avait à sa perte poussée.
Pendant qu’elle parlait, d’abord glacé d’horreur,
Bientôt je fus surtout pénétré de terreur.
Il fallait neuf jours pleins, d’après la sage-femme,
Attendre les effets de sa manœuvre infâme.
Qu’allait-il advenir au bout de ces neuf jours ?
Quel dénoûment allait en couronner le cours ?
Voilà la question, qu’au fond de ma pensée
Sans cesse je trouvais, comme un spectre, dressée.
Que me disait Fanny ? Je ne le sais pas bien :
Je ne la voyais plus et n’entendais plus rien ;
Et l’impasse à mes yeux n’offrant aucune issue,
J’étais comme étourdi par un coup de massue.
Elle avait, en venant à moi se confier,
Pensé que j’essaierais de la fortifier.
Quelques instants, ses yeux, pleins d’une angoisse folle,
Semblèrent implorer quelque bonne parole ;
Puis n’attendant plus rien de mon abattement,
Elle se retira silencieusement.

« Quel sentiment puissant que celui de la honte !
Il n'était pas pour moi de ceux que l'on surmonte.
Ah ! si je n'avais pas été courbé sous lui,
Comme d'un médecin j'aurais requis l'appui !
Mais, quelle qu'eût été devant lui mon adresse,
Dans ma servante il eût reconnu ma maîtresse.
En me voyant instruit de son état, comment
Aurait-il pu ne pas me croire son amant ?
Et comment, remarquant qu'elle était de son crime,
Sinon l'unique, au moins la première victime,
Ne m'aurait-il pas cru, quand c'était naturel,
Sinon l'unique, au moins le premier criminel ?
Aussi n'osai-je pas, quelle qu'en fût l'urgence,
D'un médecin pour elle invoquer l'assistance.
Dans mon propre logis moi-même tout au moins
J'aurais pu la garder et lui donner mes soins ;
Mais, comme aujourd'hui c'est presque partout l'usage,
Sa chambre était sous comble, au quatrième étage.
Pour la soigner moi-même, il eût évidemment
Fallu qu'elle eût son lit dans mon appartement.
Or, au même palier, servant d'autres familles,
Porte à porte avec elle habitaient d'autres filles,
Par qui certainement sa disparution
Eût été remarquée avec suspicion,
Et qui chez la portière auraient, loin de se taire,

Bientôt contre elle été faire maint commentaire,
Et la portière ensuite eût, sans plus de façons,
A moi, me haïssant, étendu leurs soupçons.
Comme pour mieux me faire éprouver leur étreinte,
Ces choses à mes yeux, au travers de ma crainte,
S'offraient comme au travers d'un verre grossissant,
Et pour sauver Fanny je restais impuissant.
Au lieu de contempler en face la tempête,
J'aimais mieux lâchement en détourner la tête.
Jusqu'au neuvième jour, sans avoir rien tenté,
Je demeurai plongé dans ma perplexité.
Quand de ce jour fatal arriva la soirée,
Je m'en souviens toujours, j'eus l'âme dechirée ;
Il était temps encor ; tout dépendait de moi ;
Mais hélas ! Je ne pus dominer mon effroi.
Il faisait un froid noir ; nous étions en décembre :
Avant de monter seule à sa petite chambre,
Elle sembla des yeux tout bas me demander
Si je ne voulais pas près de moi la garder.
J'hésitai ; mais, la peur m'enlevant tout courage,
Je la laissai monter au quatrième étage.

« Je ne puis de l'angoisse et de l'anxiété,
Dont je fus dévoré quand elle m'eut quitté,
Vous faire maintenant une exacte peinture.

Pour moi cette nuit fut un siècle de torture.
Espérant m'endormir, d'abord je me couchai ;
Mais par moi vainement le sommeil fut cherché :
Las de voir qu'appelé de toutes les manières,
Il ne parvenait pas à fermer mes paupières,
J'abandonnai mon lit, dans mon appartement
Sans lumière à pas lents marchant légèrement,
Craignant qu'il n'existât des dangers pour sa vie,
Désirant à tout prix la voir, mourant d'envie
D'aller au moins l'entendre au haut de l'escalier,
Mais n'osant même pas sortir sur le palier
Et collant, pour saisir quelque note plaintive,
A la porte d'entrée une oreille attentive.
N'ayant rien entendu, j'allai me recoucher
Pour me lever encor, me remettre à marcher,
A la porte d'entrée encor dresser l'oreille,
En un mot me livrer à manœuvre pareille
Et comme auparavant ne distinguer nul bruit.
Je m'endormis pourtant à la fin de la nuit.

« Sur mes yeux qu'il avait obligés de se clore
Un lourd sommeil pesait de tout son poids encore,
Lorsque, retentissant, de mon appartement
La sonnette me fit tressaillir brusquement.
Le jour en ce moment commençait à paraître.

Je saute à bas du lit, tremblant dans tout mon être.
Désirant à la fois m'instruire et me cacher,
J'hésite, je ne sais vers quel parti pencher,
Quand la sonnette, encor plus vivement tirée,
M'appelle de nouveau vers la porte d'entrée.
Alors je n'ose plus résister à sa voix :
J'obéis à demi-vêtu, j'ouvre et je vois
Devant moi se dresser, debout dans la pénombre,
Un homme à la figure à la fois froide et sombre.
Je pâlis, puis tâchant de vaincre mon émoi ;
« Que voulez-vous, lui dis-je, à cette heure, chez moi ? »
—« Vous parler, s'il vous plaît, Monsieur ; c'est nécessaire ;
« Car de votre quartier je suis le commissaire,
« Et l'on est, ce matin, officieusement
« Venu chez moi m'apprendre un grave événement :
« Une fille, qu'on dit être à votre service,
« Et qui, d'accord sans doute avec quelque complice,
« A dû, pour avorter, employer un poison,
« Cette nuit, dans sa chambre, au haut de la maison,
« Seule a, d'une façon tout au moins équivoque,
« Accouché sans secours longtemps avant l'époque.
« En se levant pour faire à son aide venir,
« Sans doute elle n'a pu debout se soutenir ;
« Car, lorsque tout à l'heure on a forcé sa porte,
« C'est à terre qu'on l'a trouvée inerte et morte ! »

— « Quoi ! morte, m'écriai-je, oubliant par malheur
« Qu'un homme de police épiait ma douleur ! »
— « Saviez-vous, reprit-il avec plus de rudesse,
« Que cette fille fût en état de grossesse ? »
— « Je le savais, lui dis-je en pâlissant d'effroi ! »
— « Alors vous connaissez son amant ? » — « C'était moi,
« Lui répondis-je encor d'une voix altérée. »
— « Était-ce aussi pour vous chose bien avérée,
« Que, mettant de la sorte en grand danger ses jours,
« Aux moyens abortifs elle avait eu recours ? »
— « Oui, fis-je avec effort, et je courbai la tête. »
— « Alors, Monsieur, dit-il enfin, je vous arrête ! »

« Ah ! ne m'obligez pas, si vous êtes humain,
A reprendre à pas lents aujourd'hui le chemin,
Par lequel autrefois j'ai gravi mon calvaire.
Lorsque je descendis avec le commissaire,
Les gens de mes voisins, au bas de la maison,
Me virent avec lui m'en aller en prison.
J'étais perdu ; j'avais d'une brillante cime
Été précipité dans le fond d'un abîme ;
Quand un homme, en tombant, a déroulé si bas,
Je le compris sans peine, il ne remonte pas.
Sans doute je pouvais établir en justice
Que de l'avortement je n'étais pas complice,

Je pouvais, en disant la pure vérité,
Être par les jurés aisément acquitté.
Mais il était patent que ma dialectique
Ne satisferait pas l'opinion publique,
Et que je ne pourrais, par chacun évité,
Rentrer, le front levé, dans la société.
Puis je me dis aussi qu'en son péril extrême
J'avais laissé Fanny seule avec elle-même,
Qu'en somme j'étais bien la cause de sa mort
Et que je méritais mon misérable sort.
Sous cette impression, vous devez le comprendre,
J'eus bientôt décidé de ne pas me défendre.
A mon plan je restai fidèle jusqu'au bout :
Je ne contestai rien; c'était avouer tout.
Mon silence tint lieu de preuves plus précises,
Et je fus renvoyé devant la cour d'assises.

« Jamais de mon esprit je ne pourrai bannir
Du jour où j'y passai l'horrible souvenir.
Quand, ce jour, je me vis assis, vivant scandale,
Au banc des criminels, dans cette immense salle
Où j'avais occupé le banc des avocats,
Devant tous ces jurés et tous ces magistrats,
Et devant ce public et devant ces confrères,
Qui m'avaient témoigné tant d'estime naguères,

Et dont, braqués sur moi, les yeux par dessus tout
M'exprimaient le mépris poussé jusqu'au dégoût,
Je me sentis étreint par une telle honte
Qu'aucun langage humain n'en saurait rendre compte.
Si bien qu'à la pitié votre cœur soit ouvert,
Il ne pourra comprendre à quel point j'ai souffert.
Mon supplice dura près de six longues heures.
Ma cause défendue eût été des meilleures;
Mais j'aimai mieux m'armer d'un mutisme obstiné,
Et je fus pour dix ans au bagne condamné.
Depuis neuf ans passés je fais ici ma peine.
J'ai longtemps d'y mourir eu l'espérance vaine;
Impitoyablement la mort m'a repoussé,
Et du bagne lui-même à la fin expulsé,
Je me verrai forcé, comme une bête immonde,
De me réfugier, loin des regards du monde,
Dans quelque coin de terre, assez inhabité
Pour que je n'en sois pas encore rejeté. »

Après ces derniers mots prononcés avec peine,
Comme un homme épuisé qui veut reprendre haleine,
Sur un banc le forçat s'affaissa lourdement,
Et se mit à pleurer silencieusement.
Je ne pus pas, ému de sa douleur extrême,
M'empêcher de verser quelques larmes moi-même.

Puis, le gardien m'ayant fait signe de sortir,
J'approchai doucement de mon pauvre martyr,
Je lui serrai la main, et lui laissant ma carte :
« Vous le voyez, il faut, lui dis-je, que je parte ;
Adieu, n'oubliez pas que vous avez en moi
Un ami sûr, en qui vous pouvez avoir foi ! »

Et je me retirai ; mais du forçat honnête
Le récit, en chemin, fermenta dans ma tête,
Et presque malgré moi, par la réflexion,
Je fus conduit des faits à leur conclusion.
« Voilà donc résolu, pensai-je, le problème,
Qu'en wagon je m'étais posé ce matin même.
Notre loi n'admet plus, et c'est là qu'est le mal,
La dissolution du lien conjugal.
Si cet homme avait pu le rompre avec sa femme,
Cette rupture aurait conjuré ce long drame.
Recherchant le bonheur dans un second hymen,
D'une autre épouse il eût pu demander la main ;
Aimant et fécondant sa compagne nouvelle,
D'enfants nouveaux il eût été doté par elle ;
Qu'ils fussent nés de l'une ou de l'autre union,
Vivant et grandissant sous sa protection,
Tous ses enfants auraient formé, garçons ou filles,
Les éléments nouveaux de nouvelles familles,

Et sa pauvre servante, échappant à son tour
Aux affreux résultats d'un immoral amour,
Aurait pu devenir la femme légitime
D'un mari dont elle eût été la joie intime,
Et la mère d'enfants, qui plus tard n'auraient pas
Au pays marchandé le secours de leurs bras.
Ces effets d'une loi conforme à la nature,
La séparation de corps, demi-mesure,
Qui contraint, conservant le lien conjugal,
Les époux séparés de vivre dans le mal,
La séparation de corps, remède traître,
Les a seule empêchés de germer et de naître.
Elle a fait plus : robuste et pleine de santé,
Une fille vivait avec sécurité ;
Mais par malheur la fille est devenue enceinte :
La fille et son enfant, subissant son étreinte,
Ont été condamnés par elle au même sort :
Où rayonnait la vie, elle a semé la mort.
Ce n'est pas tout : un homme en tout point honorable
A dû se séparer d'une épouse exécrable ;
Quoique jeune, il était déjà grand avocat ;
La séparation de corps l'a fait forçat,
Et, ce qui plus que tout encor le désespère,
Elle a même frappé ses enfants dans leur père ;
Car elle a fait sur eux, grâce à son faux appui,

Rejaillir le mépris déjà versé sur lui,
Et leur a ménagé, ne s'en rendant pas compte,
Une vie à jamais condamnée à la honte. »

J'ai fini le récit que j'avais entrepris.
Au sérieux il est important qu'il soit pris ;
Car d'une part le fait qu'il cite est véridique,
Et d'autre part il est surtout loin d'être unique.
Nul ne saura jamais quel effroyable mal,
Dans l'exaltation de leur zèle fatal,
Les auteurs de la loi de l'an mil huit cent seize
Ont fait, sans le vouloir, à la race française,
A quel funeste arrêt leur funeste action
De la France a forcé la population,
Combien, sans le savoir, ils préparaient de crimes
Et combien pour la mort ils marquaient de victimes,
Combien d'enfants à naître et combien d'enfants nés
Par eux à ne pas vivre ont été condamnés,
Et de mil huit cent seize au temps auquel nous sommes
Combien à leur pays ils ont enlevé d'hommes.
J'ai signalé le mal. Si nos législateurs
En veulent enrayer les progrès destructeurs,
Qu'ils sachent que, pour rendre à la France sa force,
Ils n'ont qu'un seul moyen, rétablir le Divorce.

CH. UNSINGER
AGE QUOD AGIS